Böhme (Ed.)

Le nouveau chat-botté

Conte Raisonnable.

Paris 1885

LE
NOUVEAU CHAT BOTTÉ

CONTE RAISONNABLE

PAR

EDGAR BÉHNE

PARIS

HINRICHSEN ET Cᴵᴱ, ÉDITEURS

40, RUE DES SAINTS-PÈRES, 40

1885

LE
NOUVEAU CHAT BOTTÉ

CONTE RAISONNABLE

I

— Maintenant que notre pauvre père est mort, dit l'aîné des frères, nous allons faire marcher le moulin à nous trois, et j'espère que nous resterons toujours d'accord.

Qu'en dites-vous ? »

— Moi, dit le cadet, c'est-à-dire le second, j'ai toujours vécu ici, et j'espère y mourir comme mon père, après avoir travaillé bravement toute ma vie.

— Mais, objecta Cyprien, le plus jeune des trois, ne serait-il pas plus simple qu'un seul gardât le moulin, en donnant aux autres leur part ?

Ceux-ci s'en iraient chercher fortune chacun de son côté. »

— Dis plutôt chercher la misère, mon pauvre Cyprien, dit le cadet. Je plains ceux qui doivent courir après leur pain.

Ici notre vie est assurée.

Nous ne sommes pas riches, c'est vrai, et le travail est dur. Mais nous sommes sûrs de ne jamais manquer d'ouvrage ; car tout le monde nous estime, et c'est nous qu'on vient trouver de préférence, chaque fois qu'on a du grain à moudre.

Si l'un de nous quittait le moulin, il faudrait prendre un garçon pour le remplacer.

Alors on devrait passer la moitié de son temps à le surveiller, et le moulin en souffrirait.

Tandis qu'à nous trois, cela irait si bien, si tu voulais seulement penser un peu plus au travail, et t'amuser un peu moins avec ton chat. Tu l'as tellement gâté, que cette bête ne prend plus une seule souris.

— Mon chat n'est pas si bête que toi et ton vieux moulin, repartit grossièrement Cyprien. J'en ai assez d'entendre ce tic-tac assommant et de monter des sacs de blé sur mon dos du matin jusqu'au soir.

Il n'y a que toi et ton âne qui puissiez prendre plaisir à ce métier-là.

Reste avec ton âne ; moi, je m'en vais avec mon chat.

C'est mon chat, au contraire, qui n'est pas bête !

Il ne travaille pas, lui, et ne se fait pas de mauvais sang; mais il amuse si bien les gens par ses tours, que personne n'a rien à lui refuser.

Il vit en grand seigneur.

— Ce n'est pas ici la place d'un grand seigneur ou d'un paresseux, répliqua vivement le cadet. Puisqu'il en est ainsi, vous ne ferez pas mal d'aller chercher fortune ailleurs, toi et ton chat.

— Je ne demande que cela, dit Cyprien; mais pas avant que vous ne m'ayez donné ma part de l'héritage.

Quelle part ? demanda le cadet. Tu sais bien que nous n'avons pas d'argent.

Nous sommes encore heureux de ne pas avoir de dettes, comme tant d'autres au village.

— Qu'on vende alors le moulin, dit Cyprien.

— Malheureux ! s'écria l'aîné à son tour, pour quelques écus tu vendrais la maison de ton père, et tu en ferais chasser tes frères en les privant de leur gagne-pain ?

— Tu ne sais donc pas qu'après avoir payé les frais de justice, il ne resterait plus un sou ? ajouta le second.

— Eh ! bien, donnez-moi seulement cent écus, dit Cyprien. Je vous ferai grâce du reste.

— Cent écus ! reprit le cadet. Comme tu y vas ! Où veux-tu que nous les prenions, ces cent écus ?

— Finissons-en, dit l'aîné. Nous irons les emprunter, n'importe à quel taux. J'espère que nous ne tarderons pas à les rendre : nous n'en travaillerons que mieux, une fois débarrassés de ce fainéant.

Quelques jours après, Cyprien, avec son petit paquet d'effets au bout d'un bâton, son chat sur les épaules, ses cent écus dans la poche, partait joyeusement pour aller chercher fortune, comme il disait.

Le moulin parut bien vide à ses deux frères.

Peu de temps auparavant, leur vieux père y travaillait encore avec tout ce qui lui restait de forces, et le bruit des jeux de Cyprien et de son chat remplissait la maison.

On l'aimait bien tout de même, Cyprien !

Jusqu'au jour où il parla de partir, jamais il n'y avait eu de querelle.

A présent les deux frères étaient seuls : tout était silencieux.

Ils se regardèrent, et se mirent à pleurer.

Leur solitude ne fut pas longue.

Si, au bout de quelques années, Cyprien était revenu au moulin, il y aurait vu deux gentils ménages et plusieurs jolis enfants qui s'appelaient entre eux cousins et cousines.

Mais Cyprien ne revint jamais.

II

Peu de temps après son départ, Cyprien était attablé dans une auberge, au milieu d'une joyeuse société à laquelle il avait offert un déjeuner copieux.

— Vraiment, dit un des convives, il faudrait que vous vissiez ce chat : vous ne pouvez rien vous imaginer de plus merveilleux.

— Apportez encore du vin pour tout le monde ! cria Cyprien.

— Bravo ! s'écria un autre convive. Monsieur Cyprien fait toujours les choses grandement.

— Ce chat est plus intelligent que bien des hommes, continua le premier interlocuteur. Il comprend tout ce qu'on lui dit, et fait tout ce que son maître lui commande.

Et avec quelle grâce ! Il faut voir cela.

— Bah ! fit un troisième. Pour un chat, il peut être très extraordinaire. Mais il ne sera jamais aussi intelligent qu'un chien.

Le mien, par exemple....

— Laissez-nous tranquilles avec votre chien, interrompit l'admirateur de Minet. Puisqu'on vous dit que c'est merveilleux ! Il danse sur ses pattes de derrière avec plus de grâce et de légèreté que la meilleure danseuse.

— La belle affaire ! vous allez voir mon chien. Ici ! Médor ! Médor !

Mais Médor avait déjà croqué autant d'os qu'il pouvait. Il s'amusait à ce moment dans la cour avec d'autres chiens et faisait la sourde oreille.

Cela fit rire tout le monde.

— Quel chien extraordinaire ! s'écria-t-on. Voyez donc comme il écoute son maître !

Très vexé, le maître de Médor courut le chercher. Mais le chien, effrayé par sa mine en colère, se sauva jusqu'au bout de la cour, où il finit par être pris.

Il reçut une verte correction et fut ramené dans la salle à manger, l'air penaud, la tête basse, la queue entre les jambes.

Les moqueries cessèrent quand le chien commença ses tours, dont plusieurs étaient surprenants.

On applaudit beaucoup, et on déclara que pas un chat ne pourrait rivaliser avec Médor.

Cyprien fut outré de ce jugement.

— Vous allez voir ! dit-il. Minet, Minet, Minet ! Minet ! Minet !!

Pas plus de Minet que de Médor.

Les rires recommencèrent.

Cyprien chercha sous la table, derrière le poêle, dans tous les coins, jusque sur l'armoire.

Pas de Minet !

— C'est qu'on me l'aura pris ! s'écria-t-il ; car il ne me quitte jamais.

— Ah ! j'y suis ! dit quelqu'un.

— Quoi ? demanda Cyprien anxieusement.

— La gibelotte que nous avons mangée, cela devait être lui.

Furieux de cette plaisanterie, Cyprien sortit de la salle et parcourut l'auberge à la recherche de son chat.

— Minet, Minet !

2

Il fureta partout, de la cave au grenier, aidé par l'hôte, sa femme et tous leurs domestiques.

Les convives restèrent à table, buvant le vin de Cyprien, riant à ses dépens.

Il y avait bien un quart d'heure que Cyprien cherchait son chat, quand les rires redoublèrent dans la salle à manger.

Des cris se firent entendre :

— Cyprien ! Monsieur Cyprien ! Ohé ! Cyprien. Le voilà, votre chat ! Il vous demande et s'inquiète de votre absence !

Cyprien descendit du grenier quatre à quatre.

Dans la salle à manger tout le monde riait en lui montrant la fenêtre.

De l'autre côté de la cour, sur le toit en face, Minet était confortablement pelotonné sur lui-même, les yeux à demi fermés.

Indigné de cette conduite, son maître courut vers lui en l'appelant de plus belle.

Mais, soit que Minet eût trop bien mangé et qu'il eût besoin de repos pour faire sa digestion, soit qu'il trouvât qu'on faisait trop de bruit en bas et qu'il préférât rester là-haut, Minet n'ouvrit même pas les yeux.

Hors de lui, Cyprien finit par ramasser des pierres et lui en jeter.

Cette fois Minet se mit à courir et disparut au plus vite derrière une cheminée.

On ne riait plus, on se tordait.

Quand on put de nouveau se faire écouter, Cyprien fut un peu consolé en voyant que l'admirateur de son chat continuait à prendre son parti.

— Après tout, criait cet homme, votre Médor en a fait autant. S'il avait pu grimper sur le toit, vous n'auriez pas mis la main dessus.

Puis ce défenseur de Minet prit Cyprien à part et lui dit :

— Savez-vous ce qu'il faudra faire ? Si vous suivez mon conseil, vous pourrez vous moquer d'eux tous, à votre tour.

Faites faire à votre chat une jolie paire de bottes, à sa taille. Il sera tout à fait extraordinaire ; on n'aura jamais rien vu de semblable.

Vous comprenez bien qu'alors il ne pourra plus grimper ni vous échapper comme aujourd'hui.

— Bonne idée ! dit Cyprien. Mais où trouver un cordonnier qui voudra me les faire ?

— Le fait est qu'il faudrait vous adresser à un ouvrier hors ligne, dit l'autre. Cependant, si vous voulez, je m'en charge. Je suis cordonnier moi-même. Je vous ferai un chef-d'œuvre qui sera digne de votre Minet.

Je ne ferais cela pour personne. Mais vous, je vous connais, vous êtes mon ami.

Soyez tranquille, je n'épargnerai pas ma peine, d'autant plus que vous n'êtes pas de ces gens qui ne veulent pas payer l'ouvrage ce qu'il vaut.

— Jamais je ne pourrai lui faire porter ces bottes, objecta Cyprien. Comment pourront-elles tenir ?

— N'ayez pas peur, reprit le cordonnier. Avec quelques petites courroies nous les lui fixerons de manière qu'elles ne bougent pas. En peu de jours, il y sera si bien habitué qu'il ne pourra plus s'en passer.

D'ailleurs, vous savez, ce que je vous dis là, c'est pour vous rendre service.

Il est clair que si votre chat portait des bottes, il ne pourrait plus vous jouer le tour de se sauver.

Un autre convive, qui s'était rapproché de Cyprien et du cordonnier, s'écria :

— Ce serait tout à fait curieux à voir. Il ne lui manquerait plus qu'une jolie toque de velours avec de grandes plumes.

Si vous voulez, je vous la ferai : je suis chapelier.

On pensera que c'est le chat d'un grand seigneur.

— Croyez-vous ? fit Cyprien. Eh ! bien, c'est entendu.

Les bottes et la toque furent bientôt prêtes ; on les fit payer à Cyprien dix fois leur valeur.

Ce ne fut pas facile que d'habituer Minet à toutes ces choses nouvelles pour lui. Son maître y réussit pourtant à force de patience ; mais les égratignures ne lui manquèrent pas.

A la fin, il fut bien récompensé de sa peine ; car le Chat botté (on ne l'appelait plus qu'ainsi) faisait l'admiration de tout le monde.

Cependant les cent écus diminuaient.

Bientôt il n'en resta plus rien.

Le cordonnier et le chapelier lui avaient volé tout son avoir ; Cyprien se trouva donc dans la misère avec son Chat botté. Il était au désespoir.

III

C'était une chaude journée d'été.

La moisson était presque finie.

Dans la plaine, une multitude de travailleurs achevaient de couper le blé et entassaient les gerbes.

Le carrosse de Mgr le vicomte de Grandpré, le seigneur du pays, allait d'un champ à l'autre, escorté de quelques cavaliers.

Le vicomte se promenait ainsi avec sa fille, tout en se donnant le plaisir d'admirer l'abondante récolte de l'année, dont la plus grande partie devait lui revenir.

Au passage de leur seigneur, les paysans se découvraient et saluaient respectueusement.

C'était pour eux un grand événement que cette promenade du vicomte, car il sortait rarement de son château.

Il est vrai que, dans ces temps de guerres et de brigandages, le plus sûr était de rester chez soi.

D'autres promeneurs, d'autres visiteurs, étonnèrent les moissonneurs bien plus encore.

Ils n'étaient pourtant ni en carrosse ni à cheval, mais tout simplement à pied.

Ils allaient d'un travailleur à l'autre et paraissaient faire à chacun les mêmes recommandations, à en juger d'après leurs gestes, qui ne variaient pas.

Les moissonneurs les saluaient encore plus bas qu'ils n'avaient salué le vicomte ; puis ils se remettaient à l'ouvrage sans souffler mot.

Ces étranges visiteurs n'étaient que deux : un jeune homme assez ordinaire, et l'autre qui était à peine grand comme un enfant.

Celui-ci devait être un petit prince ; car il avait sur la tête une toque ornée de plumes splendides.

Ses petits pieds étaient chaussés de bottes montant très haut et largement évasées, selon la mode de l'époque.

Ce petit personnage se démenait et marchait d'une façon singulière, tantôt debout, tantôt à quatre pattes.

Quelquefois il s'élançait entre les bras de son compagnon avec une agilité incroyable.

A mesure qu'il se rapprochait, on voyait sa figure toute noire, et enfin on distinguait une longue queue.

Les paysans, frappés de terreur, pensaient que ce devait être le diable en personne.

Oui, le diable, et sous la forme la plus effrayante pour eux, celle d'un gros chat.

En passant près des travailleurs, le jeune homme leur disait d'une voix sépulcrale et menaçante :

— L'année est bonne, mais malheur à vous si vous ne payez pas, ce soir, la dîme de ce seigneur!

Il montrait le chat, qui ne disait rien.

A la fin de la journée, la voiture dans laquelle étaient le vicomte et sa charmante fille passa près du Chat botté.

Son compagnon l'avait pris dans ses bras, comme pour le cacher.

Au passage du noble cortége, le jeune homme salua comme les autres.

Il parut frappé à la vue de la jolie demoiselle et partit tout rêveur, au grand plaisir des paysans, qui tremblaient de tous leurs membres à son approche.

En chargeant la récolte sur les charrettes, les moissonneurs laissèrent par terre, sans rien dire et d'un commun accord, d'assez gros tas de belles gerbes.

C'était la dîme du Chat botté.

Le lendemain matin, elles avaient disparu.

Cyprien, car vous l'avez reconnu, retira un assez grand bénéfice de la vente de ces gerbes.

Les paysans s'étaient laissé duper comme des sots, à cause de leur superstition.

Mais le plus malheureux était encore Cyprien, qui, depuis ce jour, avait cessé d'être un honnête homme.

IV

La fille du vicomte avait été si charmée de la promenade qu'elle avait faite le jour de la moisson, qu'un matin de la semaine suivante son père consentit à la conduire de nouveau dans les champs.

Cette fois ils passèrent près de la rivière.

Tout à coup ils virent un être singulier qui sautait sur la berge.

Figurez-vous un chat, mais botté et coiffé comme un prince.

Le vicomte fut très intrigué et pensa aussitôt que c'était quelque chevalier, qu'un méchant magicien avait métamorphosé en chat. A cette époque, tout le monde croyait à ces absurdités.

Il envoya son écuyer voir de près cet être mystérieux.

— Monseigneur, dit celui-ci en revenant, il y a là, dans l'eau, un jeune homme qui dit s'appeler le marquis de Carabas. Il raconte que des voleurs viennent de lui prendre ses vêtements pendant qu'il se baignait.

Il paraît que ce chat était son écuyer, lequel aurait été changé en chat par un méchant magicien.

— Ne l'avais-je pas deviné, Odette? dit le vicomte à sa fille. Quelle aventure surprenante!

C'est tout à fait comme dans un roman de chevalerie!

Puis, se tournant vers le cavalier, il continua :

Priez monsieur le marquis de Carabas de vouloir bien prendre patience encore une demi-heure, et courez ventre à terre au château.

Vous rapporterez mes plus beaux vêtements à monsieur le marquis; en même temps vous lui amènerez mon plus beau cheval.

Nous attendrons monsieur le marquis de Carabas pour dîner.

Le carrosse s'éloigna, et l'écuyer se mit en devoir d'obéir à son maître.

Il fut bientôt de retour du château.

Il aida alors le pauvre marquis à sortir de l'eau et l'essuya lui-même avec le linge le plus fin.

Les ongles du marquis n'étaient pas très soignés; il est vrai qu'à cette époque la propreté était plus rare qu'aujourd'hui.

C'étaient probablement les fatigues de la guerre qui l'empêchaient de s'inquiéter de sa toilette.

Pour lui faire honneur, l'écuyer lui avait amené un jeune cheval admirable.

Cet animal était fougueux et difficile à monter; c'était une occasion pour le jeune noble de faire son entrée au château en déployant toute son adresse et sa grâce à cheval.

Le marquis de Carabas parut cependant plus inquiet que charmé en voyant la monture qui lui était destinée.

Quand il fut revêtu des habits magnifiques du vicomte, il saisit la bride avec une singulière gaucherie, et l'écuyer eut toutes les peines du monde à le mettre en selle.

Après quelques cabrioles, le marquis de Carabas se trouva par terre; ses beaux vêtements brodés étaient couverts de boue et tout déchirés.

L'écuyer fut stupéfait de tant de maladresse, car tous les nobles chevauchaient la moitié de leur vie et étaient par conséquent d'excellents cavaliers.

— Ah! s'écria le pauvre marquis, c'est ce misérable magicien, celui qui a changé mon écuyer en chat, qui m'a jeté un sort!

Cela expliquait tout.

L'entrée au château ne fut rien moins que triomphale.

Ils avaient changé de chevaux; l'écuyer montait le plus beau des deux, ayant cédé au marquis de Carabas le sien, qui était plus doux.

Pour plus de sûreté, il menait par la bride le cheval du malheureux gentilhomme.

Joignez à cela le costume souillé de celui-ci, et vous jugerez de l'effet que produisit le chevalier ensorcelé.

La gracieuse Odette attendait impatiemment près de la fenêtre.

Elle aurait bien voulu pouvoir demander à l'écuyer si le jeune marquis était beau et s'il avait une figure agréable.

Dans l'ignorance où elle était de ces détails, elle se représentait le jeune homme le plus charmant et le plus distingué que son imagination pût lui offrir.

Son père la troublait dans ses rêves, en ne cessant de l'entretenir des merveilleuses aventures dont parlaient les romans de chevalerie, où la métamorphose d'un homme en bête était chose commune.

L'arrrivée piteuse du marquis de Carabas plongea le châtelain et sa fille dans l'étonnement.

L'écuyer monta seul auprès d'eux et leur raconta que le magicien avait jeté un sort sur monsieur le marquis, ce qui l'empêchait de se tenir à cheval.

Le vicomte ne savait qu'en penser : il n'avait jamais rien lu de semblable dans ses romans.

La jolie Odette se dit qu'il serait méritoire de chercher à détruire l'enchantement dont l'infortuné chevalier était victime, et de faire son bonheur.

Elle résolut aussitôt de se dévouer à cette tâche.

L'écuyer demanda au vicomte s'il fallait faire de nouveau la toilette de monsieur le marquis de Carabas, avant de l'introduire, et lui faire mettre d'autres vêtements.

— Certainement! fit le châtelain. Mais pas les plus beaux, cette fois!

V

Le premier mouvement de mauvaise humeur passé, le vicomte redevint ce qu'il était toujours pour ses hôtes, plein de prévenance et d'amabilité.

Le dîner fut splendide.

Le marquis de Carabas s'y montra, comme à cheval, d'une gaucherie excessive; son langage même était des plus vulgaires.

Odette ne voyait rien de tout cela. Elle le trouvait adorable.

Le châtelain ne fit aucune question à son hôte, de peur d'être indiscret.

Mais, de lui-même, le marquis de Carabas donna les détails les plus précis et les plus extraordinaires sur sa noble famille, sur ses vastes domaines, sur les nombreuses et glorieuses aventures dont il avait été le héros dès son enfance.

Comme le Chat botté n'était qu'un simple écuyer et non un chevalier, il n'avait pas sa place à table. Il fut servi à part, non loin de son maître.

Toujours botté, mais débarrassé de sa toque, il mangea fort délicatement.

L'après-midi, on se promena sur une terrasse au pied du château.

Il y avait à peu de distance un champ dont le blé était encore debout.

Le vicomte l'avait fait réserver de peur que le gibier n'eût pas assez à manger, car il soignait son gibier plus que ses paysans.

Les lapins et les perdrix fourmillaient dans ce champ.

— Votre écuyer chasse-t-il, monsieur le marquis? demanda le vicomte. Il pourrait s'en donner à cœur joie ici.

— Certainement, monsieur le vicomte, répondit celui-ci. Si vous voulez assister à cette chasse, vous verrez quelque chose de curieux.

— Je regrette que cela ne me soit pas possible, et j'espère que vous me pardonnerez si je vous quitte, mon cher marquis, dit le châtelain.

Je reçois, ce soir, plusieurs de mes vassaux : il faut que je donne quelques ordres.

Ma fille vous tiendra compagnie. »

Le marquis de Carabas, tout fier de montrer les talents de son chat à damoiselle Odette, se fit apporter tout ce qu'il fallait pour cette chasse.

Devant le champ de blé il plaça un sac ouvert. Au fond du sac il mit quelques friandises pour les lapins. A côté il fit coucher son chat, aux bottes duquel il attacha deux cordons. En tirant le premier, on faisait tomber une baguette qui tenait le sac ouvert, et en tirant l'autre, on fermait le sac.

Il commanda au chat de ne pas bouger, puis il retourna sur la terrasse avec Odette.

Les lapins avaient disparu pendant ces préparatifs. Mais ils revinrent bientôt et se mirent à regarder avec curiosité le chat qui faisait le mort. Ils passèrent près de lui en courant, et enfin s'enhardirent au point de venir le flairer.

Le chat ne bougeait pas.

Un ou deux lapins entrèrent dans le sac.

Aussitôt le marquis appela son chat, qui accourut, entraînant avec lui le sac et les lapins qui se trouvaient dedans.

Quelques perdrix se laissèrent prendre de la même manière.

Plusieurs heures se passèrent ainsi très gaiement.

A la fin de l'après-midi, on vint avertir Odette et le marquis de Carabas que la réception allait commencer.

Ils se rendirent alors auprès du châtelain, qui siégeait au fond de la grand'salle, sa couronne de vicomte sur la tête et revêtu de son costume de cérémonie.

Le Chat botté marcha gracieusement vers le seigneur, et lui offrit le gibier qu'il venait de prendre.

Le vicomte parut si charmé, que le marquis de Carabas crut l'instant bien choisi pour lui demander solennellement la main de sa fille.

Il hésita cependant, pensant qu'il vaudrait peut-être mieux lui faire cette demande avec plus de précaution, seul à seul.

A ce moment un murmure s'éleva dans la salle. Plusieurs personnes parlèrent bas au vicomte.

— C'est le diable! c'est le diable qu'on a vu l'autre jour, répétait-on.

Le vicomte pâlit affreusement.

— En êtes-vous bien sûrs? demanda-t-il.

— Oui, monseigneur, tout le monde l'a vu! s'écria-t-on de tous côtés.

— Après tout, c'est encore possible, murmura le châtelain.

Marquis de Carabas! continua-t-il d'une voix retentissante, on vous accuse d'avoir des relations avec le diable, qui ne serait autre que ce chat, que vous appelez votre écuyer.

— C'est faux! s'écria le marquis.

— Êtes-vous prêts tous deux à soutenir les épreuves du feu, de l'eau et des armes? demanda le vicomte.

— Certainement, certainement! répliqua vivement le marquis, sans comprendre ce que cela signifiait.

— C'est bien, dit le vicomte. En attendant, qu'on le mette en sûreté, ainsi que le chat, avec tous les honneurs dus à leur rang, car ils se disent gentilshommes.

Odette s'était évanouie.

VI

Le pauvre marquis de Carabas demeura enfermé avec son chat, pendant plusieurs mois, dans une étroite prison au bas de la tour.

Enfin on l'en retira et on le conduisit, ainsi que son compagnon, dans une petite salle près de l'entrée du château.

Ils y restèrent seuls avec un homme armé.

— Que me voulez-vous? dit le pauvre prisonnier.

— Je suis chargé de vous conduire devant le tribunal, répondit son gardien.

— Comme le jour est éblouissant! dit le marquis en mettant la main sur ses yeux.

— Vous trouvez? dit l'homme. C'est que vous avez perdu l'habitude de voir la lumière.

— Voilà plusieurs mois, raconta le marquis, que je ne suis pas sorti d'un horrible trou noir, froid et humide où j'ai cru mourir de peur dès le premier jour.

« Vous n'avez pas l'air trop aimable, mon cher gardien ; pourtant vous ne pouvez vous imaginer le plaisir que me procure votre société.

Pensez donc que je suis resté tout ce temps seul !

On me passait mon pain et ma cruche d'eau par une petite ouverture ; je ne voyais personne !

Toujours seul !

_Sans mon chat, je crois que je serais devenu fou !

Cependant le vicomte avait donné l'ordre qu'on me traitât comme un gentilhomme !

— C'est ce qu'on a fait, dit le gardien. On s'est donné assez de mal pour vous.

Le tribunal qui va vous juger vient de tout le pays à la ronde. Il n'a pas été facile de réunir ces messieurs.

— C'est donc pour cela qu'on m'a laissé attendre si longtemps dans mon cachot ? demanda le marquis.

— Oui, répondit l'homme. Il a fallu convoquer un tribunal extraordinaire.

— Extraordinaire ! Qu'est-ce que l'affaire a d'extraordinaire ? fit le malheureux, très inquiet.

— D'abord, répliqua son gardien, il s'agit de savoir si vous êtes gentilhomme ou non ; les uns le croient, les autres en doutent.

— Qu'est-ce que cela peut faire?

— Si vous êtes gentilhomme, vous serez jugé avec plus de ménagement; pour un vilain, on ne ferait pas tant de cérémonies : on le condamnerait tout de suite.

Le pauvre marquis frémit de tout son corps.

— Et si les juges sont bien disposés envers moi?

— Alors, s'ils le permettent, vous pourrez prouver que vous avez raison.

— Comment cela?

— En mettant votre main dans le feu ou dans l'eau bouillante.

— Mais cela me brûlera horriblement !

— C'est clair. Et puis au bout de trois jours, s'il reste encore des traces de brûlure, c'est que vous êtes coupable.

Cette absurdité exaspéra le jeune homme.

— Comment voulez-vous, s'écria-t-il, qu'une brûlure semblable soit guérie en trois jours?

Il faut être insensé pour prétendre cela !

— C'est l'usage, répondit tranquillement le gardien. Je vous conseille de ne pas faire de semblables réflexions devant messieurs les juges, car il vous en cuirait.

Vous ne paraissez pas avoir beaucoup de goût pour les épreuves du feu et de l'eau.

Ma foi ! je le comprends.

Je ne suis pas de ces gens qui s'écrient, à tout propos, pour prouver qu'ils ont raison : *j'en mettrais ma main au feu !*

A la vérité, quoi qu'ils disent, ils n'ont pas plus envie de le faire que vous et moi.

Mais il y a autre chose qui me plairait davantage, à votre place : c'est le duel judiciaire.

Les juges vous permettront peut-être de vous battre contre votre accusateur.

J'aimerais assez cela, ajouta le gardien en caressant la longue et large épée qu'il tenait à la main.

— Mais si je suis faible ou maladroit, s'écria le marquis avec désespoir, je serai certainement battu, eussé-je mille fois raison !

— D'où sortez-vous ? fit l'homme avec étonnement. Vous ignorez tous les usages ! Cela s'est toujours fait ainsi.

— Je suis perdu ! cria le malheureux. Comment pourrais-je me battre ? Je me soutiens à peine, tant j'ai été affaibli par la prison.

— En vérité, mon pauvre garçon, votre situation n'est pas brillante. Il

vaudrait mieux peut-être vous accuser vous-même pour qu'on vous exé-
cute au plus tôt.

— Qu'est-ce qu'on a donc à s'acharner ainsi après moi ?

— C'est qu'il s'agit du diable dans votre affaire, répondit l'homme.
D'abord on vous mettra probablement à la question.

— Qu'est-ce que cela veut dire ?

— Cela veut dire qu'on vous torturera jusqu'à ce que vous ayez avoué.

— J'avouerai ! j'avouerai tout de suite ! Je ne suis pas marquis : je
ne suis qu'un pauvre meunier ; je me suis laissé entraîner par l'am-
bition de devenir riche et puissant !

Mes frères disaient que j'étais un paresseux, parce qu'au lieu de
travailler je faisais faire des tours à mon chat.

Alors je suis parti avec lui, et je l'ai fait passer pour le diable, afin
d'effrayer les paysans. Ensuite j'ai dit au vicomte que c'était mon
écuyer, et que je m'appelais le marquis de Carabas.

Mais je m'appelle simplement Cyprien. On n'a qu'à demander chez
moi : tout le monde dira que je ne mens pas, cette fois-ci. »

L'homme se mit à rire.

— Croyez-vous, dit-il, qu'on se donnera la peine d'aller aux rensei-
gnements sur vous ?

Lorsque vous aurez avoué, on vous questionnera quand même pour tâcher de vous en faire avouer davantage.

Le pauvre Cyprien se leva en poussant un grand cri.

Le Chat botté crut que son maître voulait lui faire donner une représentation.

Il se dressa sur ses pattes de derrière et se mit à danser de la manière la plus comique devant le gardien.

Celui-ci, qui n'avait jamais assisté à pareil spectacle, se mit à rire de tout son cœur.

Avait-il peut-être moins peur du diable que les autres, ou bien l'aveu de Cyprien l'avait-il rassuré ?

— Voilà un drôle de chat ! s'écria-t-il en riant toujours, et en se tournant vers son prisonnier.

Mais Cyprien avait disparu !

Profitant de la distraction de son gardien, il était sorti et s'était mêlé à la foule qui remplissait le château.

— Arrêtez-le ! s'écria l'homme.

Le chat voulut suivre son maître.

Le gardien se précipita pour le prendre, et le saisit par ses bottes.

Le chat, se retournant, lui mordit le nez et le griffa de toutes ses forces.

L'homme ne lâchait pas prise. Mais les liens qui retenaient les pieds de l'animal, dans les bottes, étant à moitié pourris par l'humidité du cachot, cédèrent tout à coup, et le chat, griffant de droite et de gauche, put s'échapper à travers la foule qui était accourue.

Tout le monde se mit à sa poursuite ; mais ce fut en vain.

Pendant ce temps, Cyprien avait réussi à s'éloigner.

On ne manqua pas de raconter qu'il avait été emporté par le diable.

Au château personne n'en eut plus de nouvelles.

Mais dans un pays voisin on vit errer longtemps un pauvre fou.

Il portait un vieux chat dont il racontait des histoires incroyables.

Il assurait que ce chat avait autrefois porté des bottes.

Lui-même se disait marquis de Carabas et prétendait que le monde entier était son domaine.

Les enfants se moquaient de lui et lui jetaient des pierres. C'était très méchant, car il ne faut jamais tourmenter les malheureux.

FIN DU NOUVEAU CHAT BOTTÉ.

1820-84. — Corbeil. Typ. Crété